世間情

君靈鈴、藍色水銀、語雨　合著

Family Sky 天空數位圖書出版

目錄

別擔心，還有我在

文：君靈鈴

阿菲很忙碌，忙碌到她現在根本沒有那個時間可以抱怨，為了生計為了孩子她必須堅強必須努力必須不讓自己垮下去，但如果有一點點空閒她總會想，老天爺對待她好像太殘忍了一點。

阿菲離婚了，兩個孩子歸她，與前夫當初說好的贍養費對方從來沒給過，但這還不打緊，重點是她因為前夫而信用破產負債累累，而會離婚的原因是因為對方出軌，總之她的婚姻因為第三者而崩塌而人生因為債務而走入黑暗一片，心靈唯一的寄託只剩下兩個孩子而已，因為她的父母也在她離婚前後相繼過世。

什麼依靠都沒有了，她只能靠自己，自食其力度過每一天，她本來雖然難過但也看開了，想著只要自己不放棄，那麼自己跟孩子就不會餓肚子，但偏偏有時難題總不只一題，失去婚姻失去父母的阿菲卻又被人詐騙，對她而言無疑是雪上加霜，她失魂落魄的坐在客廳，任憑兩個孩子在四周吵鬧也沒有任何反應。

還有誰能幫她嗎？

她無聲問著自己，但因以前當家庭主婦專心照顧丈夫、孩子的生活讓她幾乎沒了社交圈，唯一還有在聯絡的老同學遠在國外，她沒勇氣也不敢去打擾，畢竟不算頻繁的聯繫讓她知道，老同學雖然遠嫁國外看似風光，但那只是表面上的，實情是如何只有知情的人才知道真相。

但阿菲必須說，這位老同學是她心中唯一的好朋友，這個情誼是從學生時代就開始而延續至今的，也是這位好姐妹讓她知道，真正的友誼是就算遠在天邊也能從通話中感覺到對方的真心誠意與毫無保留給予的溫暖。

但她想了想，她沒有勇氣跟對方開口求幫助，但撥個電話過去總是可以的吧？

至少在這種時刻如果可以聽到這個好姐妹的聲音，她的內心會比較平靜一點。

然而電話通了之後，雖然相隔兩地，但對方卻在雙方寒暄幾句話之後發現了阿菲的不對勁，不斷逼問之下才知道阿菲竟淪落到如此困境。

「我沒想跟妳說這種事的，我會自己想辦法的。」

「……別擔心，還有我在。」

一句看似僅是安慰甚至在某些人聽來可能只是敷衍的話，但對阿菲而言卻是一瓢拯救她乾涸人生的救命水，因為就在通話兩天後，這位好姐妹出現在她家門口。

「妳……怎麼回來了？」

「因為妳需要幫助啊！」

來人帶著微笑看著阿菲，那樣理所當然的語氣讓阿菲紅了眼眶，然後就掩面哭泣了起來，所以她還沒有時間察覺，好姐妹的丈夫就站在他妻子身後不遠處，手上還提著食物要給阿菲的孩子。

這是一段延續了很多年的友情，而事實證明就算不常相聚，這對好姐妹的感情也沒有因為分隔兩地而中斷，因為哭泣中的阿菲又聽見對方說……

別擔心，還有我在。

牽手

文：君靈鈴

一個再簡單不過的舉動，啟峰卻意外發現身邊的母親一臉驚愕看著他，眼中甚至還有淚光在閃動。

「媽，怎麼了？」

「沒……沒有，只是想起你小時候我也常這樣牽著你上市場買東西。」

是一件平凡的回憶，啟峰聽了沒有太多反應，依然牽著母親的手走入市場，然後他就發現母親到了每一攤熟悉的攤販都似乎刻意展現自己與兒子牽在一起的手，就算面對某些不是故意卻意外挑動他們母子禁忌話題的人也一樣。

啟峰以前是個不懂事的孩子，也進出過監牢幾次，在一年前出來後他依舊死性不改，後來是在一個職場前輩的意外點化下才發現自己的人生竟走到這般不堪且混亂的窘境。

這醍醐灌頂算是真正澆醒了啟峰，他開始改變，也花了很多時間自省，最後發現最為他操心的母親不知何時已白髮蒼蒼，沒了當年他記憶中的模樣。

所以他決心要拋開過往改變自己，也立誓要讓母親過好日子，但這番話在母親面前說了之後，母親卻只對他淡淡一笑跟他說「只要他陪在她身邊就好」。

就這麼簡單嗎？

啟峰當時很懷疑，而其實他到現在也還很質疑，但一趟市場之旅結束回家之後他坐在客廳想著母親剛剛的反應，他忽然間明白了一件事，那就是自己的浪子回頭及想起該孝順母親有多讓母親開心。

就拿剛剛來說吧，他簡簡單單一個牽起母親手的舉動就能讓母親感動到無以復加，這讓他頓時感到很羞愧，也想起自己聽過一句話，那就是「小時候父母牽著我們的手前進，但我們長大後卻忘了該換我們牽起他們的手跟我們一起走下去」。

是了，啟峰明白了，他清楚了解到剛剛母親眼中的淚光代表的是欣慰兒子終於知道在人生的道路上除了該改過向善繼續前進外，也不該忘記曾經拉拔我們長大的父母或許已經老了走不動了，如果我們能牽起他們的手，他們就會有力量再陪我們走下去。

親情是人生中不可或缺的一部分，但不知何時親情卻很多人身上成了一種只接受卻不回饋的陋習，也有很多人不去深思，有些人一旦離開了，再後悔也挽不回失去。

所以，有時候真該轉頭看看，要是看見父母走得慢或是走不動了，也請別只是不耐煩，而是應該停下腳步回到他們的身邊，牽起他們的手陪著他們慢慢走，我們的人生還長，在父母身邊時將步調放慢一點並不會對人生有多大的影響，反而可能還會得到更多更意想不到的感受。

孝順要及時，牽起父母的手，這麼簡單的一個動作，或許對他們而言卻是這輩子最大的感動。

兄弟

文：君靈鈴

有些人，一輩子都需要他人照顧，但他不是自願，而願意照顧他的人卻是心甘情願，這樣的話說的正是阿財跟阿旺這對兄弟。

阿財是重症患者，從七歲起至今都無法自理任何事，以前母親還在時是母親照顧他，而母親走了之後這個重擔就落到了他哥哥阿旺身上。

其實這種事在社會上並不少見，但當父母過世後是否有人願意接手卻成為了一個問題，因為接手了就是一輩子的責任，而有人卻並不想付這種責任，因為這個責任不僅重大且實質上也是種負擔。

不過阿旺沒有閃躲，在母親過世後接手照顧弟弟至今也已經過了三年，這三年他盡心照顧弟弟，沒有一日落下職責，這期間阿旺也與妻子爭吵過很多回，但他仍是沒有想放棄的念頭。

但阿旺也知道，很多人都覺得他可以不必如此，可對他而言，所謂的「不必如此」是怎麼定義的？

在他的觀念中，弟弟是血親且他也有能力照顧，所以如果不如此，他會覺得自己無法跨過良心那一關，但這是他，他知道自己能做到所以就做了，至於其他與他情況類似的人是否做法與他雷同，他並沒有興趣知道，因為這是人的自由，他沒有權力干涉，就像他人無法用言語干涉他的做法一樣。

只是家裡的矛盾衝突越來越多，阿旺的孩子們也大了，不知道也不想了解為何父親要浪費時間去照顧一個永遠也不會好甚至也無法正常言語的叔叔，一次次的摩擦讓阿旺感到有些疲累。

思考過後，阿旺讓妻子跟孩子們都聚集到弟弟跟前，然後做著每天的例行公事，而本來相當不耐煩的三人卻是在看到阿財本應無神的雙眼中看到異樣而驚異的面面相覷。

「他是我弟弟，我不認為照顧他是一件麻煩事，或許很多人會認為像這樣的病人就算照顧他一生他可能也不會有什麼反應，但是血脈相連，我對他的好，我相信他是知道的，而他會這樣也不是他願意的，我想如果他可以選擇，他也不願意自己是個一生都需要他人照顧的病人，而是可以像我一樣健康成長成家立業。」

幫阿財擦著身體，阿旺沒有回頭，只是邊擦邊說著，而後方的沉默讓阿旺知道妻子跟孩子們正在感受他言語中的含意。

「兄弟就是兄弟，既然父母把我跟他生出來，我們就是血脈相連的兄弟也是家人，別人怎麼說我不管，但就像我跟他般，我跟你們也是家人，我希望你們可以體諒我，不要像外人一樣去批評我的做法，因為我們是家人，我們五個人是一家人。」

這段話說完，阿旺便不再開口，專心擦拭著弟弟的身體，感覺到弟弟似乎正盯著自己看，不管是不是錯覺，他都回以一笑，然後看著弟弟對他說……

「我們是兄弟，一輩子都是。」

非也

文：君靈鈴

阿俊原本是個孤兒，在六歲那年被傅太太領養回家，那時的傅家已有一子而且傅家家境也不算富裕，會領養阿俊是因為一個承諾，因為當年年紀還小的阿俊不知道為什麼在見到傅太太的第一眼就非常喜歡她，雖然渾身髒兮兮一雙小手卻拉著傅太太的衣襬不放，睜著一雙清澈的大眼問她「妳可不可以當我的媽媽？」。

本來就愛孩子的傅太太看著這樣一個可愛的孩子毫無依靠，頭不自覺就朝孩子點了下去，想著自己日子還過得去，家裡多一個孩子也就多一雙筷子，雖然理智告訴她事情沒有這麼簡單，但她還是想法子把阿俊帶回家了。

然而多年以後沒有人料到已喪夫幾年又身染疾病的傅太太居然是由阿俊照顧，而她的親生兒子只是淡淡丟了句「阿俊本來是外人，是我家給他一口飯吃，現在媽媽自然由他負責」。

如此令人聽了又驚訝又寒心的話語卻真是出自傅家長子之口，對於身染疾病需要長期照護的母親他覺得是燙手山芋，畢竟在長照這條路上需要花費的心力跟金錢都不在話下，所以如果有人願意接手，他自然求之不得，就算被罵不孝也不在乎，因為他認為自己無法負擔也不想承擔。

但反觀阿俊，他雖然沒有多大成就，收入也不算高，但他沒有閃避照料養母的意思，就算他人跟他說至少也得跟他大哥拿點錢，他也從來沒有這麼做過。

「你傻啊！人家才是親生兒子你又不是，你何苦背這麼大的責任？」

聽了這種話阿俊只是淡淡一笑，揮揮手告別同事騎上摩托車，想著要先繞去市場買養母愛吃的水煎包然後再回家，他想養母看到水煎包一定會很開心，因為他們母子一向都很知足常樂的。

結果果不其然，就幾個水煎包就讓母子倆吃得樂呵呵，接著一起看完電視然後他伺候養母就寢後回到房間，腦海中忽然浮現了今天下班時同事說的話。

他傻嗎？

非也非也！如果他這樣是傻，那他覺得當年收養他的養母更傻，僅因為他一句童言童語還有同情他就決定帶他回家負起養育他的責任，誰更傻其實一想便知。

所以他覺得自己不傻，會說他傻是因為不懂他，更沒有確切去了解受人點滴該湧泉以報的道理，即便他只是養子但養母待他如親出，就光憑這一點，他就絕不可能棄養母於不顧，因為他敢說一句，就算他不是傅家人，但他就是傅太太的兒子，兒子照顧母親天經地義，說來也只是一種反哺而已。

牽手圍住幸福這棵樹

文：君靈鈴

南正與語芬經營著一個小吃攤，生意不算特別好，但夫妻倆也不氣餒，總是早出晚歸忙進忙出為了家庭付出打拼，想給孩子們更好的成長環境。

在這個幾乎人人都追求更奢侈更華麗的生活型態時，這對夫妻沒有跟隨潮流反而在平淡中找尋著屬於他們自己的步調與幸福。

或許日子還不算太好過，或許有時候還得為孩子的學費雜費發愁，但這並不足以構成打倒他們的條件，因為他們相信再難度過的難關只要願意去面對就能解決，倘若不能解決那就另尋他徑不該庸人自擾。

夫妻倆對待生活的態度也影響了他們的兩個孩子，這兩個孩子不但懂事乖巧而且成績名列前茅，在面對身邊很多同學的家境或生活條件都比自己家富裕時，他們並沒有回家對爸媽吵著說自己也要或是也想跟同學一樣。

這兩個孩子是南正與語芬的驕傲，他們總是在夜晚收攤後看著兩個孩子平靜的睡顏，不敢自誇自己孩子教的好只當兩人生了兩個貼心懂事的孩子，才會在這樣看似低人一階的生活中卻不抱怨不吵鬧，還會在假日時到父母的攤位幫忙，他們倆總是會在這個時刻很有默契地相視一笑，一人一個替孩子們拉好被子然後再一起回房。

其實當父母的最能感受到感動的其中一件事，大抵也就是孩子能夠如此體貼體諒家中的任何情況而不是時常瞎鬧騰讓父母頭痛，而南正跟語芬的孩子顯然做到了父母親最想看到的樣子。

他們一家四口極其可愛的就像各自發力而形成了一個結界，外人不得侵犯，因為他們自有他們在平淡中品嘗快樂與幸福的能力，也像四人一起在荒蕪的大地種下了一棵名為「幸福」的樹苗，一同辛勤灌溉悉心呵護，在風吹雨打時一起保護樹苗，在日曬雨淋時為樹苗遮風避雨。

現在這棵樹長大了變粗了，樹根深入地下穩固了，但這還不是結束，反而只是個開始，他們一家四口會大手牽小手，圍成一個圓圈把這棵名為幸福的樹圍住，享受只屬於他們的快樂。

幸福樹其實不難種也不難茁壯，只是看自己怎麼去種怎麼灌溉怎麼照顧，家人永遠是世界上最珍貴的寶物，因為當我們遇到困難或不能解決的事時，能提供最大包容的人通常也只有家人而已。

交換

文：君靈鈴

鄉里間，文哲是個孝子這件事眾所皆知，而很自然的文哲的孝行也成為街坊鄰居婆婆媽媽討論的話題，大夥兒總是想著文哲然後又把目光轉到自家孩子身上。

說真的，自家孩子也沒差到哪裡去，但比起文哲似乎就是差了那麼一點。

文哲的孝順不是給錢了事或是抽個空回家看看這個層級，也不是口頭說著孝順但侍奉父母時一臉不耐煩，更不是在聽父母叨唸時隨便應付但實際上一句也沒聽進去。

他的孝順不是流於表面而是發自內心的，對他而言親情是彌足珍貴且不容許被忽略的大事。

雖然，也有人說著風涼話，說他的孝順都是裝出來的，但嘴巴長在人家身上，別人愛怎麼說就怎麼說，他倒是一點也沒在意過。

孝順是一種自發的行為，不該是做給別人看或是另有什麼目的的，親情這個情感最本質就該是這樣且不該變質。

當然，變質的例子有很多，文哲也不是沒聽過，所以他總是想，為什麼有些人不懂得交換這個道理。

「交換什麼？」

有人這樣問他，就在他說出交換這個理論時。

「角色交換啊！」

文哲的表情一臉理所當然，但聽者依然迷糊不懂他在說什麼。

可這其實不難懂，世間情感有很多種，愛情、友情、親情等等，而其中最珍貴之一莫過於親情，這是一種由血緣帶起的關係，是一種就算置之不理也無法扯斷的連結。

「所以這跟交換有什麼關係？」

有聽沒有懂的人又開口問了。

「這不是很簡單嗎？小時候父母養育我們，為我們付出所有也從未有怨言，現在他們年紀大了換我們侍奉他們，這不就是一種角色交換嗎？」

就這麼簡單，但很多人卻不這麼想，就連文哲現在面前的這個人也一樣，聽是聽了，也覺得有道理，但真要付諸施行卻發現其實一點也不容易。

不過，真有這麼難嗎？

其實只是看個人要不要去做而已。

孝順不難，難的是願意付出到什麼程度，是敷衍還是盡心盡力？

是嘴上說說還是身體力行？

總之別人要怎麼樣文哲是管不著，他也沒覺得自己有需要被冠上什麼大孝子的名號，對他而言他只是在做自己覺得應該做的事，因為親情在他心裡是一種無可取代的情感，而且如果不把握時間很可能會在某一天嘗到後悔的滋味。

他不想後悔所以依照自己的方式做著該做的事，僅此而已。

老來伴

文：君靈鈴

阿月跟阿卿是鄰居，兩家人比鄰而居大約也有十幾年了，也因為如此兩家女主人建立了良好的情誼，很多事都會結伴而為。

說來這對好姊妹的確很有緣，因為他們兩人都沒有子女，這一件事也成為阿月跟阿卿兩人心中的遺憾，兩人時常談論這個話題，而幸好兩人的丈夫也都沒有在意這件事，基本上兩人撇除沒有孩子這件事外，日子過得挺幸福的。

不過天有不測風雲，一場意外帶走了阿月的丈夫，讓本來就沒有子女陪伴的阿月頓時只剩下自己孤單一人，幸虧阿卿就住在隔壁，每天過去給予安慰陪伴，好一陣子之後阿月也慢慢從悲傷走了出來。

然而幾年之後阿卿的丈夫因為疾病侵襲，拖了幾個月後撒手人寰，幾年前發生過的情況主角頓時反轉，變成了阿月天天過門去陪伴阿卿，這對好朋友就這樣互相扶持一起又走過好幾年的歲月。

隨著歲月流逝，兩人的歲數也越來越大，阿月因為染病而變得不良於行，虧得阿卿照顧她讓她不至於連日常生活都成困難。

不過這樣的日子讓阿月很過意不去，有天向阿卿提出了自己想到療養院生活的念頭，阿卿聽了之後久久沒有說話，直到阿月以為她生氣了正想跟她好好解釋時才開口。

「阿月，妳若是怕我太辛苦太累想去療養院我不反對，但我跟妳說，咱們兩個當鄰居這麼久，感情有多好你知我知，咱們兩個丈夫都走得早，互相支撐到現在其實也就是咱們老了身邊還有個人可以說說話聊聊天，妳若去了療養院留我一個人，我豈是得每天面對牆壁說話了？」

阿卿說完，唇邊浮現一抹淡淡的苦笑。

「……我就是怕妳照顧我太辛苦，咱們姊妹倆感情好都這麼多年了，如果可以我也想就這樣待著，但妳真的沒關係嗎？」

阿月就是怕自己拖累了阿卿。

「什麼有關係沒關係的？咱們就是一對老來伴，現在我還行，往後我身體若也不行了，那我們就一起進療養院，妳說怎麼樣？」

阿卿握住阿月的手，用半是開玩笑的語氣說著，然後就看到阿月眼眶紅了，而她也跟著心頭一緊。

這對毫無血緣關係的姊妹決定繼續一起面對餘下的人生，這樣的情誼是很感人的，這是友情的昇華，在多年的相知相交之後，她們之間的感情已經轉變為親情，已經把對方當成自己的家人並且決定在剩下的歲月裡對彼此不離不棄。

最後一面

文：君靈鈴

可能有少部分人不明白，為什麼沒見到至親之人的最後一面會讓某些人抱憾終生，但原因其實很簡單，一個就是「捨不得」一個可能是「後悔」。

捨不得以往常常可以見到或是不常見到卻很常想念的人以後永遠見不到了，也捨不得耳邊那些噓寒問暖殷殷叮囑即將消失了，更捨不得即將逝去的人要離開大家到不知名的遠方，一個人孤零零的飄盪。

至於後悔是後悔什麼呢？

可能是後悔自己以往不夠孝順也沒有陪伴，也可能是後悔自己時常頂撞不耐，更可能是後悔還有誤解誤會沒有解開，而人只要一走，不管想要再多孝順陪伴或是想著往後不要再頂撞不耐煩都沒有機會了，而誤解與誤會也會隨著人的逝去而沒了結果。

這最後一面算是世間情感的一種終結，它代表著此回不說下回沒機會，也代表此手再不握要再握只是對方的手從手心滑落。

多麼殘酷的事實是不？

但我們終究無法脫開這個世間定律，畢竟生老病死人之常態，如何讓自己沒有遺憾的送人走或是自己走人，也不是三言兩語就說得清楚。

記得曾經聽一位叔叔說過，說自己年少無知時曾因犯罪進了監獄，那時年輕氣盛也沒覺得有什麼大不了反而還覺得自己非常了不起，在外頭兄弟間豎立起不錯的風範，但從未想過家中老母心中的擔憂與無奈，直到數年過後母親病重他帶著一票兄弟來到病榻前，虛弱的母親舉起顫抖的手摸著他的臉說了一句「歹路你還要走多久？媽媽等你回頭等很久了」之後，他才發現原來自己走的不是該走的道路，那一瞬間他熱淚盈眶，這最後一面他見到了也感悟了，從此不再走歪路回到正途，雖然過程艱辛但他走了過來，也很感念自己當年還有機會見母親最後一面，才讓他今日尚能安穩坐在家中陪著妻女及三五好友談天說笑。

世間情感百百種，有愛有恨有怨有癡有嗔，而與我們繫絆最深的莫過於親情，所以這與至親的最後一面見不見是否重要可想而知。

或許有人會說相見不如懷念，與其去見上這自己認為無謂的最後一面倒不如等人走後再忘卻他的壞僅記得他的好，可這最後一面倘若不見，心中真無半點遺憾嗎？

答案在每個人心中，誰也無法替他人決定，只是當決定不見之後得有把握，有一天午夜夢迴是否會猛然醒來，想著如果當初能見一面該有多好？

默契

文：君靈鈴

事情總有正反兩面，有時就是極與極的對決，就像世間雖然不和睦或為錢撕破臉的兄弟姊妹不少，但感情相當要好的也不在少數，而劉家兩姊妹就是後者。

這兩姊妹其實都嫁的很遠，一個嫁給北部人一個嫁給南部人，所以平時也沒什麼機會見面，但每幾天打通電話聯絡一下感情是她們共有的默契，彷彿好像幾天沒聽到對方的聲音就會渾身不舒服似的，這是她們姊妹在談天時互相開的玩笑話，但雖說是玩笑卻也是真實情況。

劉家姊妹的感情是自小就好，從來也沒聽說過姊姊欺負妹妹或妹妹仗著自己年紀小就反過來壓制姊姊這種事，父母對她們之間的相處一直很放心直到兩人出嫁十幾年到現在，兩人的感情依舊緊密，沒有因為時間的流逝而消散，便是遇到重大打擊及需要重大決策的時候，她們也沒有因此亂了陣腳毀了兩人之間互相尊重的精神。

父母親的先後逝世是她們心中共同的痛，而在分配遺產的部分反倒是讓一票親戚真正跌破了眼鏡。

雖說本來就知道她倆感情好，但真不知道好成這樣，是說錢誰不愛，但這兩姊妹卻互相推託，姊姊說妹妹家中環境比較差一些應該多拿一點，而妹妹卻說現在沒了母親，長姊如母應該多分一些，總之推來推去最後還是在親戚的協調下兩人才決定一人一半，這件事也才落幕。

但最讓人津津樂道的是她們倆姊妹之間的默契，除了幾天一通電話嘘寒問暖談天說笑之外，有時福至心靈忽然天外飛來一筆就寄了對方需要的東西給對方這才真正是絕，連她們自己都不知道為什麼會有默契至此，每回聽到對方說「妳怎麼知道我正想要去買這個」的時候都會雙雙噗哧一笑。

當然，也有愛說閒話的人覺得這兩姊妹的感情是裝出來的，但如果一裝就是五十幾年那未免也太累了，這兩姊妹的感情是真情實感沒有偽裝的，而她們也都知道其實這樣的情況有一半要歸功於父母，是父母當初的教育方式成就了她們之間緊密聯繫的情感。

相當於劉家姊妹再看看某些因為諸多因素而撕破臉的人們，有時候我們真該想想，錢雖然重要但親情也不該輕易割捨，因為就像有人說的，錢可以再賺，但某些人失去就是失去了，想再尋可能就是千百年後的陌生相會，相見兩不識了。

鄰居

文：君靈鈴

上回看到一個新聞，已經忘了是亞洲哪個地區發生的事，但內容倒讓人印象深刻。

新聞內容說的是有一名婦人很多年都不曾出遠門旅行，原因則是因為隔壁鄰居需要她照顧，所以她都不敢離家太久，為的就是怕無法自理生活的鄰居出事或是沒人照料。

而且這位婦人被採訪時說了，她說也不知道自己是怎麼回事，但就是放不下隔壁的老婦人，因為老婦人無依無靠，很多人也問她這樣能得到什麼，她卻說自己從沒想過會得到什麼，只是看老婦人沒人照料覺得心疼，再加上其實也就是舉手之勞幫忙處理三餐跟打掃家裡還有一些很平常的事情而已，她覺得沒什麼負擔。

但其實看了這個新聞的一些族群可能就會覺得婦人說的內容就是一種負擔，而且是種不必要的負擔，負擔著一個老人的日常生活起居還有對方的身體健康之類等問題，且持續了很多年，這種事並不是每個人都可以做到的，但婦人說了，這麼多年了，其實她也把對方當自己很親的長輩了，照顧對方她也已經習慣了，不去理會才會讓她渾身不舒服。

所以即便連兒女都勸她適時放手，但她卻從來沒有考慮過這個問題，對她而言「照顧鄰居」這件事已經算是生活的一部分，無法切割也無法割捨，最後她自嘲的笑說要結束這件事可能要等她自己也需要別人照顧時才會發生了。

其實這種事在看到這個新聞之前倒是也有聽說過類似的事件，內容大同小異，都是有人為了沒有血緣關係的人付出且不求回報，這樣的情感實屬難得也很令人佩服。

畢竟在現在這個世道，很多親人之間都疏遠的令人嘆為觀止了，撕破臉或老死不相往來的時有耳聞，還能聽到或看到這樣的情況著實讓人覺得心頭一暖，想起了「人間處處有溫情」這句話。

當然，「處處」這兩個字可能是誇張了點，可能很多人會說我見識到的都只有冷漠無視，聽到的都只有冷言冷語，所謂的「處處」其實還是少數，這可能是某些人的心聲，但有時候我們也該想想如果一直都只是看到他人的冷漠無視或聽到冷言冷語，那麼自己是否也不曾釋出善意或微笑，才會導致如此呢？

有時適度的付出一些原本自己認為不必要的溫暖，為這個日漸冷漠的世界帶來一絲暖意，相信也是不錯的選擇吧。

青梅竹馬

文：藍色水銀

或許不是每個人都曾經有過青梅竹馬，但有許多人曾經有過倒是真的，有些人可能從兩三歲就有，但因為不記得了，所以，很多人都只記得五歲甚至六歲之後的異性玩伴，恰好我曾經有過一個這樣的玩伴。

那是在新社老家的事了，五歲的我，瘦巴巴的，有點頑皮，常常出門就不知道要回家，直到肚子餓才會出現。她是同村的女孩，比我多一歲，跟我一樣還沒上學，那個年代的鄉下是沒有人唸幼稚園的，我跟她幾乎天天玩在一起，鄉下的孩子很幸福，有新鮮的空氣、無限多的水果可以吃、無限大的遊樂場、無限多種的天然玩具、無限多的玩法，只要想像力足夠就行。

扮家家酒，是我印象最深刻的其中一種，我們從梨園的下方找了一些雜草當成菜，小石子當肉，就這樣玩了一會，接著我拿著紫色的小花捲一個戒指，套在她的手指上，問她是否願意嫁給我？她的笑容很燦爛，說長大以後會嫁給我。我親了她的臉頰，她的臉紅了，也很熱，因為她也親了我。

當然，不是每天都這麼親熱的，有次，我拿著魚網跟小水桶，兩人在水溝裡撈小蝦跟泥鰍，弄得全身髒兮兮的，還把衣服給扯破，回家被媽媽訓了一頓。還有一次是抓了金龜子，在它的後腿綁一條線，它就在頭上繞著飛，但現在已經不可能這樣玩了，引進農藥之後，水溝裡的魚蝦全都毒死，金龜子也因為農藥滲入土壤，最後消失在這片土地了。

偶爾，我們會爬上樹，看看鳥巢裡的情況，綠繡眼的蛋跟幼鳥真的好小，白頭翁就比較大，有次碰巧在樹上遇到青竹絲，嚇得我們魂都飛了。還有一次則是被鄰村的大黑狗追，兩人邊跑邊找樹枝反擊，最後撿起一顆小石頭砸中它的腳，它才停止追逐我們兩個小孩。連續假日或是寒暑假，所有的小孩都會聚在一起，有時會分派別，較大的孩子比較大膽，會帶著我們跑到大甲溪裡玩水、撈魚，或是跑到隔壁村，像我這種年紀太小，需要被照顧的，通常就會留在村裡面玩，反正還可以捉迷藏、彈弓嚇鳥（基本上是沒有擊中的可能）、跳格子、土塊烤地瓜（控蕃薯）、抓蜻蜓、灌蟋蟀（灌土猴）、橡皮筋槍、竹管種子槍等等，有養蠶的還得自己種桑樹，自己採桑葉，聯絡廠商收貨，有時甚至可以交出五至十個麻布袋的蠶蛹，為家裡補貼家用，非常讓人懷念的農村生活，至於青梅竹馬，很早就嫁人了，再度見面時已經是一個小孩的媽媽了，或許有一絲的遺憾，但是看她嫁得不錯，也就釋懷了。

隔壁班的女孩

文：藍色水銀

著名歌星羅大佑唱的《童年》，裡面有一段的歌詞是這麼唱的：「隔壁班的那個女孩，怎麼還沒經過我的窗前？」這兩句話，真的很經典，多少人曾經這樣等待，等待那個喜歡的人出現，即使只是短短幾秒，不止是童年如此，就算是已經唸大學，還是有人會這麼期待著。

唸國小時，我曾經是那個被期待出現的人，她很可愛，但很內向，她一直偷偷地看著我，直到這行為被她的同學發現，直到她鼓起勇氣跟我說話，我才知道她的存在，可是，幾週之後，我又要搬家了，那是我從娘胎裡起算，第七次搬家，我還來不及跟她道別，就搬到台中市了，後來再也沒見過她，也沒有她的任何消息。來到台中市，我再度成為那個被期待的人，如出一轍的劇本，她也是因為被她的同學發現，我才知道她的存在，唯一不同的是她在我面前會臉紅，說話會結巴，這不是男生追女生常見的狀況嗎？上了國中，因為學區的關係，我跟她不同校，所以就沒再見面，但因為住的地方離不遠，偶爾還是會遇到，此時的她已經亭亭玉立，才國中二年級就已經有追求者，早就把我忘了，見了面居然連招呼都不打，擦身而過。

上了國中之後，換我開始期待《隔壁班的那個女孩》，她很漂亮，其實，國小六年級就曾見過面，那時的我只是覺得她皮膚很白，很像混血兒，經過兩年之後，她看起來好成熟，也更美了，然後如出一轍的劇本再度上演，我的行為被同班同學發現，但我沒有跟她告白，也不曾跟她說過任何一句話，只是默默的喜歡她，直到國中畢業後，我還是會拿起畢業紀念冊，翻到有她的那一頁，癡癡地望著她的相片。

退伍後，我選擇住在老家，也就是父親的小套房，某天，她出現了，她來找她的堂妹，就住在我的隔壁，那是我最後一次見到她，她更美更有女人味了，我卻一句話也說不出口，目送她離去。倒是她的堂妹，除了我當兵那兩年，幾乎天天見面，天天打招呼，高中之前，常常一起玩，常常玩的很瘋狂，直到她被我的《玻璃瓶大龍炮》炸傷，她的母親禁止她跟我一起玩，才正式結束我們的友好關係。她在三十歲那年再度跟我說話，一開口就是驚天動地，她說：我下星期要結婚了，你要來參加婚禮嗎？我接過喜帖卻愣在那裡，連恭喜都沒說，只揮手再見，後來我沒有去參加婚禮，因為新郎認識我，也知道我曾經跟她很要好，所以我選擇只包紅包而缺席，默默祝福她。

清純女孩變公關

文：藍色水銀

如果有一天，你曾經喜歡的那個女孩，清純的女孩，出現在酒店裡，陪著形形色色的男人喝酒，任由這些男人在她的身上吃豆腐，甚至索吻、帶出場，你該用什麼心情來面對？該伸手讓她脫離苦海？還是狠下心，睜一眼閉一眼，當作沒看到呢？很難抉擇，對吧！

她是我的學妹，高職的時候喜歡上她，但一直都沒有跟她告白，她總在放學後到一家冰店幫忙，於是我總在放學後去吃冰，為的就是看她一眼，轉眼就過了三年，我還是沒跟她說過話，除了告訴她要吃什麼冰！畢業後就很少見到她去冰店，我也沒問，直到退伍後，無意中遇到濃妝艷抹的她，還沒打招呼，她已經快跑的小巷裡，消失不見。那晚，我的老闆忽然找我去酒店，說他喝醉後要載他回家，那是一家高級酒店，那晚花了整整一本新台幣：十萬八千多，原來，老闆是去找她，熟人見面，分外尷尬，該說認識還是假裝不認識？燈光雖然昏暗，但從她不安的眼神就可以知道，她已經認出我，我沒多說什麼，因為她已經在老闆的懷裡。

搬到中國醫藥大學附近後，樓下多了一間泡沫紅茶店，我喜歡喝他們的綠茶，所以常常去光顧，其中一個女店員，是我喜歡的型，偶爾會聊兩句，但她當時有男朋友了，於是我就保持距離。沒想到在幾年後，會在酒店裡遇到她，那晚，是我第一次跟她暢談，為了讓她少喝點，就硬著頭皮多點了幾節。她說被男朋友騙走了積蓄，不得已才來陪酒，當時我正失戀，想救她離開，希望她跟我約會看看，但她拒絕了，因為她已經跟酒店預支五十萬，簽了一年不能離職的約，我賠不起，她也不想讓我負擔那麼重，就這樣，失去了聯絡。

剛退伍不久，喜歡跟朋友在另一家泡沫紅茶聊天，也在那裡認識兩個可愛的女孩，她們都只有十八歲，其中一個留下地址跟電話給我，聊了一次約半小時，她就開口跟我借機車，結果摔車，車子小小損傷，但她腳上卻皮膚一大片受傷，住院了兩天，之後我被請到她家，原來她的父親已經走了，母親辛苦撫養她，所以要我好好照顧她，但她的母親並不知道我跟她只是普通朋友，以為我是男朋友，幾週後她們就搬走了。再度見面，是在一家酒店，是去載喝醉的朋友回家，沒想到會遇到她，我遞了名片給她，不過始終沒有再接到她的電話。三個清純的女孩，因為不同的原因變成了公關，在我心裡留下三道傷痕，就像電影侏儸紀公園裡的畫面，三道深淺不一但卻平行的痕跡，那麼讓人震撼。

祖孫情

文：藍色水銀

四到六歲那時，父親因為唸警官學校，所以將我、弟弟跟母親交給祖父母，跟他們同住，當時住在一起的還有叔叔，白天，大人們都忙於工作，而沒上幼稚園的我，總是黏著祖父或祖母，雖然祖母看起來不怎麼喜歡我，但我心裡明白，她是愛我的，只是她不善於表現。

上國小前不久，祖母花了半天的時間，親手幫我做了一頂斗笠，幾天之後，母親不知為何，獨自帶我到大甲溪中玩水、抓魚，涉溪的時候，因為水流湍急，所以母親背著瘦小的我，但她踩到青苔滑倒，瞬間我只聽到水進入耳朵的聲音，接著我就被強勁的溪水沖得老遠，幸虧戴著斗笠，所以我才沒溺水，頭頂上那一點點的空氣，讓我的頭可以浮在水面，此時母親瘋狂的大喊我的名字，幸虧我命大，被沖上一個大石頭，石頭的右邊是尖銳的斷樹枝，左邊是更急更深的水流，往左或往右都是死路一條，此時一陣強風，斗笠飛走了，並隨著湍急的溪水越漂越遠，直到看不見為止，驚魂未定的母親，這才從我後方過來，水深過腰，但她為了我，奮不顧身的游向大石頭，然後緊緊的抱著我，我仍然記得她顫抖著、大聲哭著。

原本母親想要隱瞞這件事，不想驚動長輩，但我的斗笠不見了，祖母逼問之下，母親才說出實情，雖然難免一陣斥責，但也看得出祖母對我的疼愛，是在內心深處的。祖母為了讓我早點獨立，教我洗米、煮飯、生火、砍柴、切水果、處理壞掉的水果、將芒果分級、將香蕉催熟等等，對於一個五歲到六歲的小孩來說，她是否對我的期待太高了些？我不知道！但我真的全都學會了。

父親畢業後，必須開始輪調，我跟母親、弟弟便開始第四次到第七次搬家跟轉學，再度跟祖母朝夕相處時，祖父已經去世，祖母得了阿茲海默症，那一年，我已經十九歲，正準備重考，她是那麼的虛弱，沒多久就走了。她跟祖父葬在新社中和，某天夜裡，我夢見祖母，她說她的頭好痛，那是掃墓前不久的事，我問了經營葬儀社的友人，他說可能是樹根穿過頭骨，掃墓時，大家發現墓地有問題，準備遷移至靈骨塔，開挖後，祖母的頭骨果然被樹根穿過並纏繞著，這時我才知道，祖母是託夢給我，要求換墓地，如今也已過了十餘年，這份奇特的關係，難以用科學去解釋，根據一位好友的說法，是因為祖母跟我的頻率相同或相近，又或者我是她很疼愛的人，才能感應到她的求助，所以才會託夢給我，我相信祖母是深愛我的，而我也深愛著她。

亦敵亦友

文：藍色水銀

同學，可以是朋友、玩伴、死黨，但也經常是情敵、競爭對手，出了社會之後，有的人選擇與同學合作，共創美好的前程，但也有人因為競爭，導致多年情誼破碎，甚至翻臉，但不論如何，這就是同學間微妙的關係。

他們兩人是高中的同學，考上大學之後，又是同班，兩人的關係一直很好，直到畢業典禮，兩人還相擁而泣。但人是會變的，原因是他們都在搶同一個職位，而這份工作所代表的意義，是能讓自己跟家人的經濟大幅改善，總之，是份肥缺，但只有一人可以得到這個位置，後來，另一家公司也剛好在缺這樣的人才，原本沒被選上的，卻進了另一家公司，而兩人的競爭，更加激烈了，戰火從個人恩怨升級到公司之間的競爭，兩人的關係只剩下敵人、競爭對手，朋友、死黨這兩個字早已被踩在腳下，蕩然無存。

另外一組的兩人，同樣是高中跟大學的同學，同時喜歡上一個女孩，也都對這女孩展開追求，但女孩的保密功夫一流，即便已經分別跟兩人上床，但他們仍然不知道，自己心愛的女孩已經跟對方發生關係。但情人節那天，總有一人要流淚，殘酷的現實是女孩有更多的追求者，她根本無暇再應付，乾脆分手，這兩人同時失戀，而且是被同一個女孩甩了。

她們兩人情同姊妹，從國中到高中都是同班，兩人都算是美女，不同的類型，應該會吸引不同的追求者，但三角關係實在難解，男生喜歡的那個女生，不喜歡他，但另外那個女生卻喜歡這男生，這女生幫忙傳情書，但始終沒有結果，她利用門禁的藉口，進了男生家，並且製造了機會讓男生看到自己的胸部，還貼在他身上，接著閉上眼等待他的吻，男生血氣方剛，怎能忍受？他忍不住親了她，接著關上房門，讓後面的事完成。這事本來不會有太大問題，但偏偏一直收到情書的女孩答應了約會，男生也貪心的腳踏兩條船，結果當然是掉進水裡，兩個女孩都分手，兩個女孩也因此絕交。

同學間既競爭又合作的例子比比皆是，為了感情而撕破臉的時有耳聞，但這只不過是開始，而不是結束，出了社會之後，情況複雜多了，同事、上司、下屬、師徒、合作廠商都可能出現類似的狀況，當牽扯到利益或是感情，誰又能夠不自私？退讓的一方是真的退讓？又或者是還沒到火山爆發的臨界點而已呢？

貴人

文：藍色水銀

有一種人，會在你生命中最艱難的時候伸出援手，接著就讓你的人生逆轉，這種人就是貴人。是緣份吧！？那年的我被生意伙伴倒了數百萬，之後的運勢一直不佳，持續了整整七年，萬念俱灰之下，我本想一死了之，一通電話打來，要我去上班，那是我的電話在一個月內唯一的一次通話，沒想到竟然改變了我的人生。

那是想要自殺前，幾週內唯一的一次求職，原本我心想，如果再找不到工作就去死，但上天顯然不同意，於是就這樣進了公司，這個工作只維持了九個月，因為部門被裁了，不過也因此認識了一個女人，她跟我幾乎朝夕相處了半年，接著便開始同居，兩年多後，我們有了小孩。小孩出生後，我的父親對我的態度開始轉變，他不再對我嚴厲，他要求的就是要我照顧好兒子，於是我再度搬回家，在那之前，我跟父親早已吵過無數次，也搬出家裡無數次，次數已經多到忘了。

世間的事就是這麼奇妙，失去聯絡已久的貴人，新開了一家公司，我只是抱著去看看的心態，結果竟然遇到了他，或許我跟他的緣份無法維持太久，這次，居然又是九個月，他的公司收掉了，之後就很少聯絡。跟上次一樣，我認識了一個女人，她讓我知道了許多不可思議的事，而我的松果體就這樣被開啟，也就是俗稱的第三眼，之後的日子裡，我的大腦就出現了無數的畫面，我曾經想要寫的小說，那些畫面全都出現，並且變成文字，透過雙眼跟雙手出現在電腦螢幕上，在這之前，無論我怎麼想？怎麼寫都無法讓自己滿意，但在松果體啟動之後，一切都變了，就像電影『露西』一樣，我看到了許多不可思議的事，包括心電感應及第六感，在這兩件事上，我原本並不相信，覺得只是巧合而已，但越來越多證據證明是真的，尤其是我跟這個女人之間，每當我想起她，她就會傳訊息給我，或是見面，即使是凌晨三點。

自從轉行成為作家，貴人就是同事還有現在的老闆，老闆人很好，非常照顧我，讓我可以沒有後顧之憂，只需要認真寫小說，兩年過去，竟然已經出版二十多本，獨著跟合著約各佔一半，作夢也沒想到有這麼一天，為了報答這份恩情，我會在未來的日子裡繼續寫，寫到腦海裡不再出現任何畫面為止。

素未謀面的夥伴

文：藍色水銀

全世界因為疫情的關係，許多人的生活方式變了，甚至連經商的模式也變了，這篇要談的不是什麼新鮮事，卻是很多人最近才被迫改變的事，那就是店面虛擬化、進貨視訊化、出貨委外物流化，簡單的說就是把昂貴的店租省起來，弄個倉庫就行，買貨的時候，先跟產地的某人聯繫好，直接在直播中決定進貨的種類與數量，而出貨全部依靠便利商店、快遞業，只要將貨包好，貼上條碼即可。

這樣的商業模式正快速的興起，消費者很快就會發現，這樣子的商品比較便宜，因為少了房租的關係，所以商家的競爭能力增加了，而因為進貨視訊化，大大增加了進貨的效率，只要六至八天，就能從中國大陸獲得高品質且低價格的商品，不用親自到中國大陸挑選跟下單，省下了飛機票、住宿、車錢，當然也會讓競爭力再度提升，所以我們會看到許多規格化的產品在殺價競爭，但其實不是這樣的，是因為經營成本的變化造成的結果，那些訂價較高的商家，使用傳統的進貨方式，傳統的店面銷售模式，造成自身的競爭能力大減。

這樣的商業模式不是沒有缺點，跟你視訊的人可能素未謀面，你怕他坑你、怕品質不穩定、怕貨源不穩定，他也怕你棄單，讓他的生意無法繼續下去。兩個素未謀面的人卻要成為商業夥伴，確實有一定的難度，因此一定會有磨合期，兩人互相試探或是了解，初期的合作規模不會太大，謹慎一點的商人甚至會一直維持相同的規模，我家的小小生意目前就是採用這樣的方式，透過這樣的進貨，我發現即使把價格標得很低，還是可以獲得高於從前店面式的利潤，而且管理上更容易了，不必擔心現場的客人順手牽羊，只要確實做好分類，只要幾坪的空間，就可以做以前二十坪店面的生意，而且客人來自全台灣，不再局限於小小的區域。

跟我家合作的是個小姑娘，不到三十歲，去年透過同行介紹認識的，她說信用最重要，所以品質跟價格都會幫我們把關，確實，從商品來判斷，品質跟價格都讓我們非常滿意，合作了一年三個月，從未出現問題，也讓我們的小生意有些許工錢可賺，相較於沒有使用這種方式的同行朋友，他的營業額越來越低，開店就是虧損，才一年就虧了將近兩百萬，來回之間差距就更大了，適度的相信陌生人，相信這素未謀面的夥伴，竟是疫情期間的特殊收穫。

養子

文：藍色水銀

他在襁褓中就被遺棄在一戶人家的門口，寒風中，一陣嬰兒的哭聲，傳進了家門，一個中年男人抱起他，跟妻子商量之後，決定收養他，轉眼就過了三十年，養父已經病逝，養母也垂垂老矣，此時的他準備要結婚，養母把他找來，拿出了一套嬰兒的衣物，說出了他的身世，問他是否要找親生父母？他的答案很堅定，養父母才是他的親人，又說父母遺棄他，一定有說不出口的苦衷，既然如此，又何必一定要跟他門相認呢？

這對夫妻，原本有一個小孩，好不容易小孩國小畢業，卻因為跟同學去玩水淹死了，這件事，附近的人都知道，當他們收養了小孩，鄰居都覺得不可思議，彷彿是上天的安排，再給他們一個小孩，而他們也非常珍惜這個機會，將他撫養長大，視如己出，因此他並不知道自己是被領養的，童年也過的跟一般小孩一樣，身處在非常幸福的家庭，養父母都非常愛他，因此他的身分，從來都沒有人提起，就算出了社會，開始工作也是。

另一個例子，從小就知道自己被收養，鄰居的小孩都會說三道四，因此他的童年很痛苦，養父雖然疼愛他，但養母可不這麼想，畢竟不是親生的，所以養母從此把愛都給了親生女兒，漸漸的，兩個小孩都長大了些，女孩八歲，男孩五歲多，但由於家中許多雜事都是男孩在做，所以他很早熟，而姊姊也很疼愛他，因此得不到母愛，卻從姊姊身上得到了類似的關愛，因此兩人的感情日益加深，直到女孩十七歲那年，她在放學途中遭到流氓調戲，弟弟挺身而出，跟流氓打了一架，雖然自己也頭破血流，總算保住姊姊的清白，而流氓也被磚頭擊中頭部，送醫後驗出腦震盪，之後再也不敢造次，但對弟弟懷恨在心。

養母一心要女兒嫁個有錢人家，經過媒婆介紹，但冤家路窄，對方竟然是當初想要調戲女兒的流氓，女兒怎樣也不肯出嫁，但養母是個見錢眼開的女人，偷偷收下鉅額聘金，並跟對方談好日期，對方大隊人馬前來迎娶，錯愕的父親還有姊弟，一時之間不知如何應付，人單勢薄的他們，只能眼睜睜看著女孩被架走，原本想報警，但養母阻止並說已經收了聘金，而且已經花掉大半，這下可就麻煩大了，當晚傳出流氓被一把剪刀刺進腹中而死，女兒逃跑時跳進河中，隔天被找到屍體，這是一場悲劇，貪婪的養母、執著的流氓、無良的流氓家屬，結果是兩個家庭都少了一個人，沒有挽回的機會。

像媽媽的朋友

文：藍色水銀

認識她，是在一家保齡球館，那時的我熱衷於比賽，而她跟我同一球道，六局打完，她邀我到她的朋友家坐坐，那時的我，年輕氣盛，但球技尚未成熟，時好時壞，稱不上一流高手，我們才進屋坐了幾分鐘，陸陸續續有一些前輩進來，他們都是保齡球界的高手，很多人都是專職打球，靠獎金跟標會（單局最高分得到會外賽獎金）生存的，經過屋主介紹，我才知道她曾是區運選手，難怪基本動作很好。

原來這些人比賽完，就會聚集在此，有的打麻將，有的玩樸克牌，兩樣都不會的我，坐在電視前面，跟一個十五歲的男生玩電動，過了幾個小時，她不打牌了，坐到我身旁，開始跟我聊天，也給我一些打球的建議，居然跟師父的建議不謀而合，因此我改打十二磅的球，從此突飛猛進，平均分數大幅提升了將近二十分。幾周後，我又剛好跟她同一道比賽，那場比賽我拿了第三名，還有七千元的會外賽，我提議請她吃宵夜，她說她的身材這麼好，可不能隨便吃東西，於是我們只是去翁記泡沫紅茶喝茶。

她稱讚我的球技進步，也大方多了，我說上次不熟，不知道怎麼開口聊天，就這樣聊了許久，我開車送她回去，她的住處是一間小套房，原來她已經離婚很久，小孩已經二十三歲，只比我小一點點，看到我，就像看到自己的兒子一樣親切，不像那些球棍，除了比賽就是賭博，她其實很久沒有跟別人談心了，能夠跟我聊天，完全是因為我有點像她的兒子，她拿出一張母子的合照給我看，看過之後我便明白了，當我詢問她的兒子狀況時，她欲言又止，點了一根菸，抽了一半才娓娓道來，原來她的兒子在外面逞兇鬥狠，失手殺了一個人，被判了十五年的徒刑，正在服刑中。

後來，只要有比賽，她就會跟我同道，如果沒位置，就會選隔壁道，她是個有很多秘密的女人，但她又想看到我，卻不願談太多心事，於是我也不願多問，反正不會有答案的。就在某天，她的電話變成了空號，管理員說她已經搬走好幾天，從此再也沒有看到她出現在比賽之中，事隔二十多年，她應該已經七十歲左右了，就算在街頭偶遇，也未必認得出來吧！這種像媽媽的朋友，很特別，可惜她不辭而別，不能讓我們的情誼繼續。

素未謀面的客戶

文：藍色水銀

因為疫情，許多人買東西的習慣轉變，他們開始在直播台買東西，在各大購物平台買東西，在拍賣平台買東西，於是高房租的大店紛紛中箭落馬，結束營業，取而代之的是菜市場般的叫賣，事實也證明大部分的人都願意接受這樣的交易方式，消費者可以看到直播台主，但台主看不到消費者，因此最怕的就是同行亂來，下大金額的單後棄單，造成不必要的損失，還有情緒的波動。

不過這樣買東西是有一定風險的，例如照片跟說明是甲公司的產品，還附上正版的規格說明，但其實是雜牌且低品質的，到貨的時候是最讓人生氣的，滿懷期待的心情，打開卻是瞬間讓人傻眼，欲哭無淚，說要退貨又是一肚子氣的開始，不是百般刁難，就是拖拖拉拉，接著就搞失蹤，電話不接，訊息不讀當然就不會回，最後當然是報警處理，這類商家多半評價不高，因此慎選評價較多的商家也就成為消費者的功課之一，而注重信譽的商家，通常粉絲越來越多，多到搶購限量商品，常常賣到缺貨，這樣的商家偶爾會消失幾天，不是他們做不下去，而是賣到沒貨可賣，在這個百業蕭條的時代，他們居然可以一枝獨秀，讓人好生羨慕。

有次買東西遇到比較難得的狀況，因為是首次下單，但當時是半夜，根本不可能去匯款，偏偏起床後下著傾盆大雨，不想淋濕，當然就暫時不出門，差點被當成搗蛋的同行，雖然到貨後覺得東西不錯，但當下雙方都有點火氣，商家不肯相信我的評價，我也覺得莫名其妙，難道都沒在看氣象報告嗎？但多數商店都提供超商取貨付款，這是最能保障雙方的一種作法，上一段說的賣假貨，通常不敢提供超商取貨付款，因為超商收款後還有鑑賞期，客戶還有退款的機會。

但多數人還是善良的，也是真心想要買東西的，所以大部分的商家還是會選擇沉默，不把棄標拿出來說嘴，而是努力說明跟推銷產品，幾個小時下來，必定是口乾舌燥的，因此經常可以看到直播主把旁邊的飲料拿起來猛灌，肚子餓也直接吃上幾口，可見他們非常辛苦，飯都不能好好吃，一個直播主說，最怕的是說了半天沒人搭理，像個神經病般自言自語，也沒有收入，確實，真的是很糟的感覺。

被暗算的妹妹與吃爆米花的我

文：語雨

大約在五、六年前，在高雄工作的老妹回家了，清閒的過幾日後，我回家看見有兩老坐在家中客廳內，而我爸媽正在接待他們，在知道是妹妹正在交往的男朋友之父母後，打了聲招呼，逕自上樓去了。

我以為妹妹出門去了，所以才讓爸媽接待他們，沒想到我一進門房就發現老妹正在我的床上滾動。

「妳在幹嘛啦？兩老過來了，為什麼沒下去？」

「沒啦，人家嫌我礙事，所以就趕我上來了。」

老妹，妳這樣好嗎？

「他們來幹嘛？」

「誰知道，他們可能來玩的。」

「以為他們很閒嗎？對了，可能是來提親的。」

畢竟他們交往很久了。

「怎麼可能啦，如果來提親的，為什麼我會不知道？」

妹妹聽了哈哈大笑，事實上我也覺得太扯，不過老妹笑完之後，神色有點不安起來，躂躂地跑到樓下去，我則是打開筆電來玩。

過了一會兒，老妹又跑上二樓，神經兮兮的向我報備：

「哥，我要結婚了。」

「妳是白痴嗎！」

大驚之下，我的筆電差點掉到桌下。

這傢伙竟然真的不知道，這樣真的行嗎？

其實後來仔細一想，大概是兩家都知道老妹愛玩，心想老妹可能想多玩個幾年，於是兩家就輕描淡寫的進行，完全沒讓本人知道，這實在太搞笑了。

「妳被推了一步吧。」

「我被硬推了十幾步啦！」

後來和老妹傳訊息時也證實這件事，還傳個裝可愛的表情符號。

那天老妹跑下樓去質問時，大概事情都進行的差不多了，所以才爽快承認的，感覺到父母親和親家的心機沈重，妹妹感覺大概是跟被暗算了差不多吧……

總之，不管老妹的心情到底是如何，兩家開始籌備婚禮了，妹妹也忙得天昏地暗，不過身為哥哥實在很閒，當時的我是一面吃爆米花一面去觀賞忙得團團轉的妹妹。

好不容易挨到婚禮的當天，父母與我坐進親屬席，老爸看起來好像鬆了一口氣，我不禁問道：「話說老爸啊，我一直很期待你會上演，那種我絕對不會把女兒交給你，一面把桌子掀翻的套路戲碼耶。」

「那種女兒有人接收，我就感謝祖先保佑，對那個人的勇氣歌功頌德了，還演那種小短劇幹嘛？」

雖然我的感覺也差不多，不過老爸也相當過份，我果然是這個人的兒子。

在婚禮上，將來的妹夫笑得很親切，妹妹則一副疲憊的樣子，不過總體來說，沒有不情不願的感覺，我也放心了不少。

跟妹妹吵過嘴也打過架，也有冷戰過，回想起來幾乎都是爭執的回憶，不過這時我也忍不住感慨萬千。

啊啊，那傢伙終於出嫁了……

「接下來，你什麼時候要帶老婆回來，被妹妹搶先不會覺得丟臉嗎？」

這時我老媽忽然丟過來一句。

看著台上被暗算的老妹，我忍不住鼠軀一震。

人性本善的理由

文：語雨

二零零八年，也就是距今十二年前，日本秋葉原發生了隨機殺人案，案件中一共有七人死亡，另有十名民眾輕重傷，這起案件震驚日本社會，後續追蹤報導持續半年之久，就是知名的加藤智大隨機殺人事件。

這起事件造成許多家庭的破碎，包括加害者本人，加藤智大的父母被社會大眾嚴厲指責，不但父親在公司屢屢接到恐嚇電話，丟了工作，只能在老家隱居，母親更是精神崩潰，住進療養院，而家藤智大的弟弟失去未婚妻，隱姓埋名在新地方找到新工作時都會有記者前去查看，導致丟失工作，反覆如此，最終在案發六年後就自殺身亡。

「加害者的家人是不能擁有幸福的，那就是現實。我決定放棄活下去。」

加藤智大的弟弟留下這樣的遺言便捨棄生命，藉此來表達他的絕望，以及對社會不容於加害人之家人安穩生活的氛圍感到憤怒。

你認為這只是單一個例嗎？加藤一家人代表社會過去一直延伸到現在的嚴重問題，那就是對於罪犯和其家人的社會制裁，已經到了霸凌的程度了。

當然，我並不是說，加藤一家人並沒有過錯，然而，就算有過錯，他們所遭遇的懲罰比過錯還要重上許多……

進入到資訊爆炸的世代已經過了將近十多年，資訊傳播的速度仍然沒有暫換的跡象，網路上沒有查不到的事，這也代表犯下的罪永遠沒有消除的一天，每隔數年就會被翻出來，被當作名正言順的攻擊材料。

那傢伙是罪犯，制裁他是理所當然。

不只是日本社會，也不分大人小孩，台灣也曾經有報導只因親屬是通緝犯，學生就在學校遭到霸凌的新聞。

這樣的社會氛圍讓許多人因為驚懼戒慎，不敢輕舉妄動，深怕會斷絕自己的未來，甚至連累家人，這不是人性本善，而是不得不善。

然而，這樣真的是好事嗎？

是不是代表著那些沒有家人、失去一切，不用擔心制裁的人們可以毫無顧忌的犯罪了？社會制裁是不是又會製造出更多這樣的人？

加藤智大形同沒有的家人，形同沒有的未來，因此肆無忌憚的犯下大罪，其家人也因此失去了一切，還有可能變成第二個加藤智大。

然而，在當今這種人人都是正義鍵盤俠的社會，社會制裁的趨勢貌似只會越演越烈，可能是因為一時的歧視言行或粗暴舉動，失去工作、家人，甚至於未來，製造出一個又一個悲劇又危險的人物。

這些人大概會被興高采烈的黑幫接收，當作可以捨棄的棋子，用來朝你家牆壁噴漆，給欠債鄰居一點警告，或者槍擊館長之類的。

如果可以的話，請在他們失去一切之前，伸出橄欖枝吧，最起碼不要朝他們丟石頭。

希望人性本善的理由，永遠不要出於恐懼。

別當個感情地縛靈

文：語雨

最近看到一則新聞，某男子追求某飯店經理不成，不但騷擾、恐嚇，甚至使用屎炸彈攻擊飯店，搞得飯店不堪其擾，只好寫信向法務部求助。

再進一步查看新聞內容，那男子騷擾飯店竟然是從十年前開始。

十年那是什麼樣的概念？

大概是一個國小剛畢業的孩子，進入國中，升進高中，接著從大學畢業，成為社會人士，就是這麼漫長的一段時間。

想到這裡，我試著回憶十年前交往過的同事、龜毛又囉唆的上司或爭執交惡後避不見面的朋友，不論那些往事再如何深刻，我已經連他們的臉都想不起來了，當初的心情也已經煙消雲散，不在心中殘留。

那名男子的偏執可以到十年之久，執念之深，無以復加。

那位女性面對這種恐怖的執念，當然是避不見面，就算見面也只是匆匆之間，那麼讓我再提出一個可能性……

那就是那名男性說不定連那名女性的臉都忘記了，說不定對方化個淡妝、換個髮型就認不出來了，畢竟十年之間都只有匆匆一撇。

那麼在見不到面、說不到話的狀況經過了十年，還有恨意嗎？或者說還愛著嗎？我覺得兩種都在漫長的時間煙消雲散了，只剩下偏執，也只有偏執。

忘掉了恨，忘了愛，忘了當初的惱羞成怒，以及「我要給這個女人好看」的想法，只是一心一意回到她在的場所找麻煩。

這讓我想起民間某個傳說，在傳說中自殺而死的靈魂會在死亡地點一遍又一遍的重複自殺，那就是所謂的地縛靈。

說到這裡，在現今的社會──不，從以前到現在就常常在現實見到這種感情的地縛靈，一個個陷入偏執之中。

因為他很愛我，所以我要忍受暴力，直到他悔改；那孩子從來沒有長大，不論是他的前途、朋友或戀人都必須由我決定才行；因為我才華洋溢，是個超級大天才，就算別人說什麼也不用理會。

這些感情地縛靈不但束縛著自己，同時束縛著別人，陷入極度的偏執仍然不自知，然而，更糟糕的是偏執之所以是偏執，就是因為不可能在一朝一夕之中改變，我們無法改變他，他也無法改變自己。

我們能做的事是什麼？

那就是不要成為感情的地縛靈，在察覺陷入自己偏執之前離開，但是我們會有一個理所當然的疑惑──

不論耗費十幾年，努力在一件事情直到成功為止，那也算是偏執嗎？

那就觀察吧，當一件事情讓自己受傷，甚至連周圍人都陷入痛苦，就算得到結果也沒有半個人得到好處時，就是偏執了。

從前有一位業餘的考古學者花費了一生，去尋找被專業考古學認為不存在的古城，人人都嘲笑他作夢，結果他找到了，狠狠打臉嘲笑他的人們。

他就是海因里希・施里曼，而那座古城則是大名鼎鼎的特洛伊。

這就叫做堅持。

求知的感情不該被抹滅

文：語雨

做這種研究又能幹嘛？精通這玩意對人生有幫助嗎？

當你在投入某些事物，是不是常常聽見旁邊的人冷嘲熱諷，譏笑你作的事毫無作用，還不如用這些時間賺一點外快。

務實是台灣人共同的優點，當年台灣人的務實讓台灣經濟起飛，一手打造了享譽國際的半導體王國，還有建立讓國際人人稱羨的全民健保。

然而，務實即是台灣人的優點，也是台灣人老一輩人最大的缺點，當看見小一輩的人因為好奇心蠢蠢欲動，或者因為對有趣的事物按捺不住時，而想要去研究摸索時，他們總是會用冷漠的語氣說道：「這些東西有什麼用？」

這些話語背後真正的意義就是「這能夠讓我賺錢嗎？」「這能夠讓我看醫生便宜一點嗎？」「這可以讓我增加賺錢的知識嗎？」

不能嗎？

那麼抱歉，這玩意對我沒用，研究這種我認定就是沒用的小玩意，對小一輩也是有害的，趕緊放棄的好。

學習新事物必須以升官賺錢為目的，學英文會話要用在跟外國人殺價，學數學為了避免被別人坑殺，學法律是要去坑殺別人。

以上當然只是玩笑，不過年輕人在搞些新玩意時，像是成為網路實況主，電玩競賽選手，往往老一輩的人會看不順眼，多多少少是因為不了解，也受到上一代社會在經濟起飛時，若是不務實轉眼就會被拋下的恐懼，我們可以理解那些長輩的想法，這些心態卻會扼殺萌芽的新想法、新觀念。

在十六世紀，有名男人發現摩擦產生的吸力和磁鐵產生的吸力不一樣，而花了二十年去研究，終於發現電力和磁力是不同的概念，這發現永遠改變了世界，甚至被伽利略稱它「偉大到令人妒忌的程度」，也為了後來的電磁學打下了最重要之根基。

他就是後來的電學之父，威廉·吉爾伯特。

十六世紀末連電燈泡都沒有，人們也不知道這能幹什麼，吉爾伯特就只是單純出自於好奇心去研究，就像筆者前面所述，研究這個是賺不到錢的沒用玩意。

但是，只要是現代人就知道電力在現代社會扮演的重要角色，電力主宰了整個人類社會，在電力發展後，人類生存的必要條件除了空氣、水和食物以外，還需要電力，這個說法一點都不誇張。

這一切都出於吉爾伯特的好奇心。

就像大部分的人到現在還搞不懂相對論，當年磁力和電力也是很抽象的概念，但是現代人人知道磁力分南北極，電力有直流電和交流電之分，也知道它的重要性。

可以想像的是，如果當年愛因斯坦的父母用力巴他兒子腦袋瓜，要他別再搞無聊研究，相對論這個偉大理論和核能發電也不會誕生。

所以下次看到晚輩搞一些新玩意，不應該說這玩意有什麼用，而是說這玩意真有趣，我們一起來研究研究吧。

何謂友誼？想想都難

文：語雨

某天在手機網路上滑手機，有則新聞引起了我的注意，新聞報導某地國中的同學因為相處齟齬，又因為細故吵架，竟然夥同同學一起對其下毒，導致少女差一點喪命。

看見這則新聞時我很震驚，在國中時代我同樣遭受過霸凌，當時受到欺侮，我也會反擊回去，但頂多也是學生間的打鬧，從沒發生過害人性命的情況，這些學生將同窗之誼視若無物，令人遺憾。

在二零零四年時，日本也發生過類似的案件，不過兇手更年輕，竟然是個國小女生，被害者也是她的同窗，只因為懷疑對方說了她的壞話，就拿起美工刀劃對方的脖子，那名被害者當場慘死，案件駭人聽聞，震驚日本社會。

當然這些都是比較極端的例子，如果常見的話也不會變成新聞，當然，害人性命這種事情常見，說明這個國家的教育也完蛋了。

常聽別人說，學校是社會的縮影，學生與學生之間的相處，就是社會人士互相交往的延續，但我認為這句話也太看輕社會和學校了。

然而，在學生之間的交往不會有利益交換，而是純粹的好惡，我看你不爽就要整人，當面就掄拳頭打人，暗地把東西藏起來或是撕毀你的課本等，細聲細語在你面前說起壞話，氣也把你給氣死，朋友之間也會相挺，你打我的死黨，我揍你的跟班，不管是非對錯，總之我就是必須站在親友一方支持，這就是小朋友的處事和觀念。

當然，也有保持小孩子思維到社會打滾的大朋友，這些擁有赤子之心的大人是屬於少數，就不在我們討論範圍之內了。

在社會上打滾，只要有工作上的來往，還是得陪笑臉說話，即使心中恨不得捏死對方也一樣，因為在當今風氣就是首先生氣失控的人就輸了，哪怕你再有道理也一樣。

盡管學生時代如此好惡分明，打鬧之間仍然有底限、有規則，當主謀夥同下毒時，那群學生朋友不知是什麼心態，竟然義氣相挺，沒一個人想到後果來出聲阻止，這也叫做同窗情誼嗎？

當然，也不是要說什麼朋友之間就要互相砥礪、共同成長之類的勵志說法，要看那些的話隨便找一家書局拿起一本心靈雞湯足矣。

要討論到現實層面時，在現實中當朋友找上門要一起去對別人謀財害命，如果我沒一腳踹他出門的話，只怕對不起腳上穿的拖鞋。

現今當下，黑社會逞兇鬥狠，視人命為無物，起碼是為錢財或面子，而這幾名女學生為了細故而想殺人，只怕連黑社會老大都會面色鐵青。

同窗情誼，義氣相挺，知易行難，但主謀與那些相挺的朋友，只怕對友誼有所誤解，或者沒想過這是為了友誼，好玩的成份居多吧。

唉……所謂的朋友之間到底要怎麼才算義氣，想想都覺得難啊……

台灣人自小培育出來的善良

文：語雨

在二零一一年時，日本發生了極可怕的災難，也就是二十一世紀最悽慘的大地震，不但震度高達 9 級，日本福島的核電廠反應爐還發生熔毀，造成將近兩萬人死亡和十幾萬人流離失所，即使回顧近代災難史，這也是罕有的人數。

日本發生如此重災，當然需要同住於地球村的幫助，於是各國政府出動人力救災，各地團體發起募款，有力的出力，有錢的出錢，由此我們也看見地球村人性的善良。

其中讓日本人最震驚的，便是台灣人的貢獻了，不但善款額度遠遠超過各國，各種物資也由熱心的民眾捐獻收集，讓近千噸的善意直達日本。

台灣人為何如此熱情？難道是這麼喜歡我們嗎？

一查之下，才發現在過去的南亞大海嘯和四川大地震，在之後的尼泊爾大地震等，每次地球村發生重災，台灣人總是盡心盡力募得善款、捐獻物資。

原來如此，台灣人並不是特別對待日本，而是民族天性如此。

記得筆者還在讀國小時，每年慈濟等慈善團體來到學校募款，老師說明我們募款每分每毫都會用來幫助有困難的人，那時那些善款團體對我來說簡直是敵人，已經夠少的零用錢還要分給不認識的陌生人，可是不捐的話，老師臉色又不好看，只好含淚把十塊五塊的零錢丟到捐獻箱。

稍微長年歲後，終於了解電視新聞上發生的苦難和沒有募款就活不下去的人們都是實際存在後，再掏出零錢也不會這麼不甘不願了。

除了會有慈善團體來校園募款，有些學校會讓學生去孤兒院、養老院去當義工，實際了解世上有需要幫助的人，在家長輩耳提面命要幫助有困難的人，每當發生天災人禍時，總是身先士卒出錢出力，台灣人的善良天性是從小培養出來的。

這次太魯閣列車事故發生時，我也看見台灣善良人性的發揮，各大外送平台 Uber、foodpanda 等專送機車，下午放棄訂單，騎了二、三十公里去送物資，遺體修復師也跟著前往殯儀館去當義工，慈善團體開始募款，藝人、政治家紛紛領頭捐款，這就是台灣人行善不落人後的本性。

雖然這次事故中的確有人自私自利，還有人冷嘲熱諷，不過仍舊屬於少數，而且還犯了眾怒，這足見台灣社會的進步。

台灣人善良是社會整體的氛圍使然，行善是一種本能，是生活的一部分，也是足以自豪的本錢，在全球疫情流行期間，當社會有餘力時，還能捐出大量的口罩，讓地球村知道世界有台灣這塊土地，也是台灣人前進國際的本錢。

盡管對此感到驕傲，以身為台灣人。

罪孽深重的刻薄印象

文：語雨

小學時曾經有部很風行的動畫，裡面講述一對兄弟用四驅車比賽，一路闖到世界大賽的故事，內容熱血又刺激，那時小學男生人手四驅車，一到下課就衝到賣店比賽，而我就是在那時遇見那個臉色白淨的孩子，與他相識到分開為止，至今都留在我記憶中的某個角落……

最初見到他時，他一臉不知所措的站在四驅車軌道旁，賽車軌道是有限的，只會乖乖排隊的菜鳥不知只是等待的話，是永遠不會輪到自己的一天。

雞婆的我抓住他，將四驅車放到軌道上面，隨著比賽信號一開始，他的表情也從迷惑轉為興奮，比賽以拉開相當大的差距結束，雖然輸了，不過他卻很高興，躂躂地跑過來道謝，我也多了個朋友，我叫他小麥，他叫我阿軒。

小麥跟我是不同學校，我不知道他住在哪裡，電話號碼是幾號，甚至連是哪間國小都不知道，不過我一來賣店，他就會很高興跑過來，見面第一句話通常是「看了昨天的暴走兄弟嗎？」

雖然大部分都在學校聊過了，不過小學男生誰會討厭聊喜歡的動畫？

小麥非常靦腆，通常是聽我講話，但是他反應比別人好，時而笑著點頭，對我的冷笑話也會笑得直打跌，總之與他來往很愉快。

愉快的往來，有天唐突的結束了，某日我跟小麥在賣店賽車時，那群大人出現了，憤怒般的咆哮，一昧的指責，最後小麥漲紅了臉，在尖叫中被抓進車內，那日後，小麥就沒有出現在賣店了。

我聽大人說了很多八卦，小麥竟然是個女生，是當地望族的小女兒，他不喜歡穿裙子、不喜歡玩洋娃娃、不喜歡跟女生玩在一起，一切女性化的舉止都很討厭，望族父母好像覺得很丟臉，就安排更加嚴厲的教育，尤其針對女性的部份，理所當然，他更加排斥，於是翹課，晃來鄉鎮來玩四驅車。

小小年紀的我完全不能理解，就算女生不喜歡穿裙子有什麼大不了的，當時我很驚慌失措，為什麼那群大人會這麼生氣？詢問大人也得不到解答，他們只會說女生這樣很不應該，到底是哪裡不應該也說不出來。

進幾年社會思想開放，漸漸明白發生在小麥身上是怎麼回事，在現代社會會視為本人的個性並加以理解，但是，女生必須穿裙子，必須喜歡洋娃娃，一群女孩就要玩在一起，在傳統社會根深蒂固，長輩強加想法到兒女，而忽略本人個性的狀況屢見不鮮，即使是到了現代仍然不算罕見，即使是出自於愛情，仍然讓許多孩子痛苦不已。

自從那天之後，我就再也沒見過小麥了，不過即使是現在，我仍然記得小麥玩著四驅車高興的笑容，以及被拖進車發出的尖叫聲，過了十多年後，仍然歷歷在目，我衷心祈禱她在思想開放的社會得到幸福。

當你難受時，可曾有人鼓勵你

文：語雨

大約五年前吧，那時我是個出社會的人士了，仍然維持著每日寫作的習慣，將作品拿去參賽。

當時參加的文學比賽從一兩千字到三十萬字都有，一兩千字的字數用兩天就可以解決了，如果是十幾萬字的稿子，包含修稿的時間，動輒就要兩、三個月到半年，落選的話，這半年的時間都白費了。

但是那些作品即使進入最終決選過，但實際上還沒得到名次過。

某日下班，洗澡吃飯後，就如往常一樣帶著筆電去到家中附近的大學圖書館寫作，有免費的冷氣可以吹，而且沒什麼分心的事物，我在打開電腦先看了之前參賽的結果。

那是十分有自信的作品，還拿給了幾位網友去看，針對他們的意見做修改，十幾萬字無處不是大修過，那是在半年內花費無數勞力的心血，之前已經進了二審，我正等著捷報。

網頁最終決選的結果出來了，我反覆確認了很多遍，心頭當場涼下來了，上面沒有我的筆名。

在出社會後，我重複著寫新稿、再參賽和再落選的一條龍行程，在稿件中苦苦掙扎，努力了很多幾年卻完全沒有談得上成績的成果，精神上十分痛苦，家人也是十分不支持。

心想半年的時間又白費了……，被這一重挫狠狠打上一記，頓時我攤在椅子上，看著日光燈，心頭淌血。

要放棄了嗎？從學生時代一直努力，我僅有一項過人之長，無奈這個世界太大，天賦比我高的人比比皆是。

要放棄的念頭在這些年無數次浮現，不過終究還是死不了心……

大概臉色太難看了，正巧在旁的小金擔心的問起了。

小金是在我圖書館認識的韓國留學生，用功很勤，每次見面都看她在啃專業書籍，那些每本都厚得跟磚頭一樣，她總是一面記筆記一面在上面畫線。

我垂頭喪氣的說了比賽落選，心灰意冷、藍瘦香菇之類的事。

「沒事的，你現在還感受得到不甘心。」

我有點不明白，只有圓睜眼睛，小金接著說：

「其實我正在考很難的證照，每年有上萬人去考，但是合格率百分之一，我已經去考好幾次了，每次都落選，當沒通過考試時是很傷心，不過我的周圍有一種人，就算落榜也不覺得傷心，本人只是想參加證照考而已。」

我知道小金的意思，與其他的參賽者交流過，他們也只是想參賽而已，認為參賽就有機會，然後，寫出來的作品爛得豈有此理，落選也不會覺得難過。

「正因為你還有熱情，才會覺得不甘和難過，因為我知道你很努力，放棄這股熱情不會覺得可惜嗎？我也不會放棄。」

小金說完後，親手泡了杯即溶咖啡給我。

聽了這番話，我把那部作品再度修改，竟然混得個佳作，而小金果然也如願考上證照，我們那時的眼淚歷歷在目。

直到現在，我還不時響起那杯咖啡的滋味。

GO！去打保齡球

文：語雨

高中時第一次去打保齡球，這樣講有點語病，因為五、六歲父母帶我去玩過，不過只是偶爾會讓我擲球，基本上我只是在旁邊看而已。

國小到國中時，附近有開一間保齡球館，直到倒閉為止，我都沒有進去過，主要是我周圍的人也對保齡球不感興趣。

到了高中後，交到新朋友，遊玩範圍也跟著擴大，上了高中也能夠打工，沒有囊中羞澀這一回事，一塊就跑到台南去遊玩。

去唱了 KTV，絕對不會再去第二次，因為朋友的歌聲跟胖虎一樣，為了避免那形同音波武器的摧殘，只好避而遠之。

去電影院享受超過兩百吋的超大螢幕和震撼音效──失敗了！根本坐不了兩個小時，而且隔壁的阿婆看到緊要關頭時，還不自主地還掐了我的手，我手臂多了兩塊烏青。

最後回到老路，去了電玩遊戲廳，對單挑拳皇和街霸，或去網咖對戰 CS 和星海爭霸，被電腦虐得一場糊塗！

不對吧！這些不是在家裡也可以玩嗎？雖然用搖桿的感覺比用手柄好，玩得很開心！

高中朋友和我抱頭蹲下，滿是不能接受，既然到台南，至少玩一些學校和家裡沒有的玩意，就在這時，高中朋友指著遊戲場附近的某塊招牌，那是大大的一隻球瓶，附帶的停車場停得滿滿地。

保齡球館嗎？

只是用球打瓶子的遊戲，哼哼哼！看過漫畫滾球王的我沒什麼可以畏懼的，就讓我再次虐你們一波吧。

一面向朋友嗆聲，一面興匆匆去球館買局數，租了球鞋，順便一提，那時候假日一局是四十塊，十幾年後的現在則是八十塊一局，足足漲了兩倍。

四個人拿了八顆球來到球道，賭上順序的猜拳在休息區展開，沒想到猜拳失利，我竟然排在最後一位。

第一順位的朋友拿起保齡球，向我們丟出了自信的神氣臉色，模仿了滾球王漫畫中的戰車轟炸姿勢，以滂沱的氣勢將球丟出去。

滑出去的十二磅保齡球毫不猶豫地衝向溝槽，第一球華麗的洗溝！

笑到岔氣的我們被踢了屁股，他氣沖沖的擲出第二球，結果只打中角落兩隻球瓶，螢幕上顯示第一格是兩分，他不由得跪倒在地上。

哈哈哈，大肉腳！作為學校的好朋友，我們不客氣地大笑。

然後，一個接著一個，自信滿滿走上球道，要讓這個大肉腳見識什麼叫做格調不同。

洗溝，洗溝！還是洗溝！除了洗溝還是洗溝！

剛剛的兩分竟然是第一格分數最高的！

為什麼走道這麼滑？

為什麼不會照直線走？

為什麼保齡球砸到腳會這麼痛？

試了一次又一次，最後大家的分數慘不忍賭，不過各種奇怪姿勢和笑料讓我們還是笑得很開心，不服輸的我們下個假日還是相約一起來挑戰。

之後，保齡球就成為我們假日出遊時，必定要玩的項目了。

在我記憶當中的兩對父子

文：語雨

大概是在我還是位國小生時，某一天我到同學家去玩，就在客廳對挑格鬥遊戲，正打得昏天黑地，門一開，一位中年男子走進來。

我知道是同學的老爸，放下搖桿打招呼，可是我這位同學連眼沒抬，使出來連段招式，嘻哩呼嚕就把我的角色打死了。

同學的老爸跟我點點頭，拿公事包就往外走了，連對我同學說句話都沒有，大概是看我一臉難以理解，那位同學淡淡的說：「我跟我老爸不會特別聊天……」

是冷戰嗎？是昨晚吵架嗎？還是動畫支持角色意見分歧而對立？我連問了幾句，他看起來很傻眼，大概是覺得我家未免太和平了吧。

不是會有怎麼樣都聊不起來的人嗎？我跟老爸就是那種的，那位同學一面聳聳肩膀。

事實上這位同學家境還不錯，要什麼電動玩具，基本上都會買給他，他也有上補習班，看起來不像是被放著不管，因此我就更難接受了。

這位同學好像不想在這件事上多聊，並催促我趕快開始下一場遊戲。

回家後在吃晚飯時把這件事情告訴家人，老爸沉默了一會兒，說：「也是有家人談不來的。」

「裝什麼塞面（台語），那是別人家家裡的事耶……」

妹妹發問了，她今年也上小學了，氣燄越來越囂張，整天找哥哥吵架。

聽見問句，我才思考到底自己為何這麼難以接受。

那不是聊不起來的等級，父子看起來就是陌生人，我跟老爸會吵架、嘔氣，有時還會動手動腳，就在吵得再兇過幾天也會和好如初。

那父子相處的畫面就像一根細刺，卡在心頭很多年，給我施不上力的無奈感，升學後，也跟那位同學漸行漸遠。

過十年多，我也到了服兵役的年紀，一抽籤就抽到金馬獎，後來駐進小小的觀測所，觀測所有五個小兵，一個士官，相處還算愉快。

天氣漸熱，終於到八月了，父親節那天我沒辦法回去，只好打電話拜託妹妹買禮物，等到放假再還給她，一旁的同袍剛好聽見，笑嘻嘻的取笑幾句，一問之下，才發現他家沒有過父親節的習慣，不知怎麼，這件事被大家拿出來討論，結果發現那位同袍是少數派，大家都會請吃飯什麼。

當下我讓他把手機拿出來打電話給伯父，說聲父親節快樂，其他同袍似乎覺得很有趣，一面在旁邊起鬨。

同袍的表情顯得很彆扭，終究拗不過我們，撥打號碼，擴音後伯父的聲音從手機傳來，同袍像是放棄似的大喊：「父親節快樂！」

『啥……你沒發燒吧？』

渾然天成的回應讓幾個阿兵哥當場笑倒在地上。

這件事多少舒緩當年那根心頭刺的刺痛，那對有如陌生人的父子，以及同袍表情，大概會永遠存放在我記憶中的某一頁吧。

國家圖書館出版品預行編目資料

世間情／君靈鈴、藍色水銀、語雨　合著.　—初版.—
臺中市：天空數位圖書　2021.09
面：14.8*21 公分
ISBN：978-986-5575-61-8（平裝）

863.55　　　　110015300

書　　名：世間情
發 行 人：蔡秀美
出 版 者：天空數位圖書有限公司
作　　者：君靈鈴、藍色水銀、語雨
編　　審：晴灣有限公司
製作公司：盈駿有限公司
美工設計：設計組
版面編輯：採編組
出版日期：2021 年 09 月（初版）
銀行名稱：合作金庫銀行南台中分行
銀行帳戶：天空數位圖書有限公司
銀行帳號：006-1070717811498
郵政帳戶：天空數位圖書有限公司
劃撥帳號：22670142
定　　價：新台幣 260 元整

電子書發明專利第　I　306564 號

Family Sky

紙本書編輯印刷：
電子書編輯製作：
天空數位圖書公司 E-mail：familysky@familysky.com.tw　http://www.familysky.com.tw/
地址：40255台中市南區忠明南路787號30F國王大樓　Tel：04-22623893　Fax：04-22623863